AF509375

OBSERVATIONS

SVR VNE COMEDIE

DE MOLIERE, intitulée,

Le Festin de Pierre.

Par le Sieur DE ROCHEMONT.

Sur l'Imprimé

A PARIS,

Chez N. PEPINGVE', à l'entrée de la ruë de
la Huchette. Et en sa Boutique au premier
Pilier de la grande Salle du Palais, vis à
vis les Consultations, au Soleil d'Or.

M. DC. LXV.

AVEC PERMISSION.

OBSERVATIONS

SVR VNE COMEDIE

de Moliere, intitulée,

Le Festin de Pierre.

IL faut auoüer qu'il est bien difficile de plaire à tout le monde, & qu'vn homme qui s'expose en public, est sujet à de fâcheuses rencontres : il peut compter autant de Iuges & de Censeurs, qu'il a d'Auditeurs & de Témoins de ses actions ; & parmy cette foule de Iuges, il y en a si

peu d'équitables & de bien
senfez, qu'il eft fouuent ne-
ceffaire de fe rendre iuftice
à foy-mefme, & de trauail-
ler pluftoft à fe fatisfaire,
qu'à contenter les autres. Il
faut prendre garde neant-
monis de ne point tomber
en deux defauts également
blâmables ; car s'il n'eft pas
à propos de deferer à toutes
fortes de jugemens, il n'eft
pas raifonnable auffi de re-
ietter toutes fortes d'auis ; &
principalement quand ils par-
tent d'vn bon principe , &
qu'ils font appuyez du fentiment des Sages , qui font
feuls capables de diftribuer
dans le monde la veritable
gloire. C'eft ce qui fait ef-

perer que Moliere receura
ces Obferuations , d'autant
plus volontiers, que la paf-
fion & l'intereft n'y ont
point de part : ce n'eft pas
vn deffein formé de luy nuire, mais vn defir de le feruir:
on n'en veut pas à fa perfon-
ne, mais à fon Athée : l'on
ne porte point enuie à fon
gain ny à fa reputation : ce
n'eft pas vn fentiment particulier , c'eft celuy de tous
les gens de bien, & il ne doit
pas trouuer mauuais que
l'on defende publiquement
les interefts de Dieu , qu'il
attaque ouuertement , &
qu'vn Chreftien témoigne
de la douleur en voyant
le Theatre revolté contre

l'Autel, la Farce aux prifes auec l'Euangile, vn Comedien qui fe jouë des Myfteres, & qui fait raillerie de ce qu'il y a de plus fainct & de plus facré dans la Religion.

Il eft vray qu'il y a quelque chofe de galant dans les Ouurages de Moliere, & ie ferois bien fafché de luy rauir l'eftime qu'il s'eft acquife : il faut tomber d'accord que s'il reüffit mal à la Comedie, il a quelque talent pour la farce, & quoy qu'il n'ait ny les rencontres de Gaultier-Garguille, ny les *Impromptus* de Turlupin, ny la Brauoure du Capitan, ny la Naïfueté de Iodelet, ny la Panfe de Gros-Guillau-

me, ny la Science du Do-
cteur, il ne laisse pas de plaire quelquefois, & de diuertir en son genre : il parle
passablement François ; il
traduit assez bien l'Italien,
& ne copie pas mal les Au-
theurs ; car il ne se pique pas
d'auoir le don d'Inuention,
ny le beau Genie de la Poë-
sie, & ses Amis auoüent li-
brement que ces Pieces
sont des *Ieux de Theatre, où le*
Comedien a plus de part que le
Poëte, & dont la beauté consiste,
presque toute dans l'action : ce
qui fait rire en sa bouche,
fait souuent pitié sur le pa-
pier, & l'on peut dire que
ses Comedies ressemblent à
ces femmes qui font peur en

deshabillé, & qui ne laiſſent
pas de plaire quand elles
ſont aiuſtées, ou à ces peti-
tes tailles, qui ayans quitté
leurs patins, ne ſont plus qu'-
vne partie d'elles - meſmes.
Ie laiſſe là ces Critiques qui
trouuent à redire à ſa voix
& à ſes geſtes, & qui diſent
qu'il n'y a rien de naturel en
luy, que ſes poſtures ſont
contraintes, & qu'à force
d'eſtudier ſes grimaces, il
fait touſiours la meſme choſe; car il faut auoir plus d'in-
dulgence pour des gens qui
prennent peine à diuertir le
public, & c'eſt vne eſpe-
ce d'injuſtice d'exiger d'vn
homme plus qu'il ne peut,
& de luy demander des a-

grémens que la Nature ne luy a pas accordez : outre qu'il y a des choses qui ne veulent pas estre veuës souuent , & il est necessaire que le temps en fasse perdre la memoire ; afin qu'elles puissent plaire vne seconde fois : Mais quand cela seroit vray , l'on ne pourroit dénier que Moliere n'eût bien de l'adresse ou du bon-heur de debiter auec tant de succez sa fausse-monnoye, & de duper tout Paris auec de mauuaises Pieces.

Voila en peu de mots ce que l'on peut dire de plus obligeant & de plus auantageux pour Moliere : & certes, s'il n'eust joüé que les

Precieuſes, & s'il n'en euſt
voulu qu'aux petits Pour-
points & aux grands Ca-
nons, il ne meriteroit pas
vne cenſure publique, & ne
ſe feroit pas attiré l'indi-
gnation de toutes les per-
ſonnes de pieté : mais qui
peut ſupporter la hardieſſe
d'vn Farceur, qui fait plai-
ſanterie de la Religion, qui
tient Eſcole du Libertinage, & qui rend la Majeſté de
Dieu le joüet d'vn Maiſtre
& d'vn Valet de Theatre,
d'vn Athée qui s'en rit, &
d'vn Valet plus impie que
ſon Maiſtre qui en fait rire
les autres.

Cette piece a fait tant de
bruit dans Paris ; elle a cauſé

vn scandale si public, & tous
les gens de bien en ont res-
senty vne si juste douleur,
que c'est trahir visiblement
la cause de Dieu, de se taire
dans vne occasion où sa
Gloire est ouuertement at-
taquée, où la Foy est expo-
sée aux insultes d'vn Bouffon qui fait commerce de
ses Mysteres, & qui en pro-
stituë la sainteté : où vn
Athée foudroyé en appa-
rence, foudroye en effet &
renuerse tous les fonde-
mens de la Religion, à la face du Louure, dans la Mai-
son d'vn Prince Chrestien, à
la veuë de tant de sages Ma-
gistrats & si zelez pour les
interests de Dieu, en deri-

A v

sion de tant de bons Pasteurs, que l'on fait passer pour des *Tartuffes*, & dont l'on décrie artificieusement la conduite : mais principalement sous le Regne du plus Grand & du plus Religieux Monarque du Monde : cependant que ce genereux Prince occupe tous ses soins à maintenir la Religion, Moliere trauaille à la destruire : le Roy abbat les Temples de l'Heresie , & Moliere esleue des Autels à l'Impieté, & autant que la vertu du Prince s'efforce d'establir dans le cœur de ses Subjets le Culte du vray Dieu par l'exemple de ses actions ; autant l'humeur li-

bertine de Moliere tâche
d'en ruiner la creance dans
leurs esprits, par la licence
de ses Ouurages.

Certes, il faut auoüer que
Moliere est luy-mesme vn
Tartuffe acheué, & vn veritable Hypocrite, & qu'il
ressemble à ces Comediens,
dont parle Seneque, qui
corrompoient de son temps
les mœurs, sous pretexte de
les reformer, & qui sous
couleur de reprendre le vice, l'insinuoient adroitement dans les esprits: & ce
Philosophe appelle ces sortes de gens des Pestes d'E-
stat, & les condamne au ban-
nissement & aux supplices.
Si le dessein de la Comedie

eſt de corriger les hommes en les diuertiſſant, le deſſein de Moliere eſt de les perdre en les faiſant rire ; de meſme que ces Serpens , dont les piqueures mortelles répandent vne fauſſe joye ſur le viſage de ceux qui en ſont atteints. La naïfueté malicieuſe de ſon Agnés, a plus corrompu de Vierges que les Eſcrits les plus licentieux : Son Cocu imaginaire eſt vne inuention pour en faire de veritables , & plus de femmes ſe ſont débauchées à ſon Eſcole, qu'il n'y en eut autrefois de perduës à l'Eſcole de ce Philoſophe qui fut chaſſé d'Athenes, & qui ſe vantoit que

personne ne sortoit chaste
de sa leçon. Ceux qui ont
la conduite des ames, sça-
uent les desordres que ces
Pieces causent dans les con-
sciences, & faut-il s'eston-
ner s'ils animent leur zele,
& s'ils attaquent publiquement celuy qui en est l'Au-
theur, apres l'experience de
tant de funestes cheutes.

Toute la France a l'obli-
gation à feu Monsieur le
Cardinal de Richelieu d'a-
uoir purifié la Comedie, &
d'en auoir retranché ce qui
pouuoit choquer la pudeur,
& blesser la chasteté des
oreilles ; il a reformé iusques
aux habits & aux gestes de
cette Courtisanne , & peu

s'en eſt fallu qu'il ne l'ait renduë ſcrupuleuſe : Les Vierges & les Martyrs ont paru ſur le Theatre, & l'on faiſoit couler inſenſible- ment dans l'ame la pudeur & la Foy, auec le plaiſir & la joye. Mais Moliere a ruiné tout ce que ce ſage Poli- tique auoit ordonné en fa- ueur de la Comedie, & d'v- ne fille vertueuſe, il en a fait vne hypocrite. Tout ce qu'elle auoit de mauuais auant ce grand Cardinal, c'eſt qu'elle eſtoit coquette & libertine ; elle eſcoutoit tout indifferemment, & di- ſoit de meſme, tout ce qui luy venoit à la bouche ; ſon air laſcif & ſes geſtes diſſo-

lus rebutoient tous les gens
d'honneur, & l'on n'euſt pas
veu en tout vn ſiecle vne
honeſte femme luy rendre
viſite. Moliere fait pis, il a
déguiſé cette Coquette, &
ſous le voile de l'hypocriſie,
il a caché ſes *obcenitez* & ſes
malices : tantoſt il l'habille
en religieuſe, & la fait ſortir d'vn Conuent, ce n'eſt
pas pour garder plus eſtroit-
tement ſes vœux : tantoſt il
la fait paroiſtre en Païſane,
qui fait bonnement la reue-
rence, quand on luy parle
d'amour : quelquefois c'eſt
vne innonente qui tourne
par des equiuoques eſtudiez
l'eſprit à de ſales penſées, &
Moliere le fidele Interprete

de fa naïfueté tafche de faire comprendre par fes poftures, que cette pauure Niaife n'ofe exprimer par fes paroles : fa Critique eft vn Commentaire pire que le Texte, & vn fupplement de malice à l'ingenuité de fon Agnés, & confondant enfin l'hypocrifie auec l'impieté, il a leué le mafque à fa fauffe deuote, & l'a renduë publiquement impie & facrilege.

Ie fçay que l'on ne tombe pas tout d'vn coup dans l'Atheïfme : on ne defcend que par degrez dans cét abyfme : on n'y va que par vne longue fuitte de vices, & que par vn enchaifnement de mau-

uaifes actions qui meinent
de l'vne à l'autre. l'Impieté
qui craint le feu, & qui eſt
condamnée par toutes les
Loix, n'a garde d'abord de
ſe rebeller contre Dieu, ny
de luy déclarer la guerre ;
elle a ſa prudence & ſa poli-
tique, ſes tours & ſes dé-
tours, ſes commencemens
& ſes progrez. Tertullien dit
que la Chaſteté & la Foy
ont vne alliance tres-eſtroi-
te enſemble, que le Demon
attaque ordinairement la
pudeur des Vierges auant
que de combattre leur Foy,
& qu'elles n'abandonnent
l'vne, qu'aprés la perte de
l'autre. L'impie qui eſt l'or-
gane du Demon, tient les

mesmes maximes ; il insinuë
d'abord quelque proposi-
tion libertine , il corrompt
les mœurs , & raille ensuite
des Mysteres , il tourne en
ridicule le Paradis & l'Enfer , il décrie la deuotion
sous le nom d'hypocrisie , il
prend Dieu à party , & fait
gloire de son impieté à la
veuë de tout vn peuple.

C'est par ces degrez que
Moliere a fait monter l'A-
theïsme sur le Theatre , &
apres auoir respandu dans
les ames ces poisons funestes , quï estouffent la pudeur & la honte ; apres auoir
pris soin de former des Co-
quettes , & de donner aux
filles des instructions dange-

reuses ; apres des Escoles fa-
meuses d'impureté, il en a
tenu d'autres pour le libertinage, & il marque visiblement dans toutes ses Pieces
le caractere de son esprit : il
se mocque également du Paradis & de l'Enfer, & croit
iustifier suffisamment ses
railleries, en les faisant sor-
tir de la bouche d'vn estour-
dy : *ces paroles d'Enfer & de
chaudieres boüillantes, sont assez
iustifiées par l'extrauagance
d'Arnolphe, & par l'innocence
de celle à qui il parle.* Et voyant
qu'il choquoit toute la Religion, & que tous les gens
de bien luy seroient con-
traires, il a composé son
Tartuffe, & a voulu rendre

Dans sa criti- que.

les deuots des ridicules ou des hypocrites : il a crû qu'il ne pouuoit deffendre fes maximes, qu'en faifant la Satyre de ceux qui les pouuoient condamner. Certes, c'éft bien à faire à Moliere de parler de la deuotion, auec laquelle il a fi peu de commerce, & qu'il n'a jamais connuë ny par pratique ny par theorie. L'hypocrite & le deuot ont vne méme apparence, ce n'eft qu'vne mefme chofe dans le public, il n'y a que l'interieur qui les diftingue, & afin *de ne point laiffer d'équiuoque, & d'ofter tout ce qui peut confondre le bien & le mal,* il deuoit faire voir ce que le Deuot fait en secret, auffi-bien que l'hypocrite. Le deuot jeûne, pendant que l'hy-pocrite fait bonne chere, il fe donne la difcipline & mortifie fes fens, pendant que l'autre s'abandonne aux plaifirs, & fe plonge dans le vice & la débauche à la faueur des tenebres: l'homme de bien fouftient la Chafteté chancelante, & la releue lors qu'elle eft tombée, au lieu que l'autre dans l'occafion, tâche à la feduire, ou à profiter de fa cheute. Et comme d'vn côté Moliere enfeigne à corrompre la pudeur, il trauaille de l'autre à luy ofter tous les fecours qu'elle peut re-

ceuoir d'vne veritable & so-
lide pieté.

Son Auarice ne contribuë
pas peu à échauffer sa veine,
contre la Religion. *Ie connois*
son humeur, il ne se soucie pas
qu'on fronde ses Pieçes, pourueu
qu'il y vienne du monde. Il sçait

Dans
sa Cri-
tique.

que les choses deffenduës
irritent le desir, & il sacrifie
hautement à ses interests
tous les deuoirs de la pieté:
C'est ce qui luy fait porter
auec audace la main au San-
ctuaire, & il n'est point hon-
teux de lasser tous les iours
la patience d'vne grande
Reyne, qui est continuelle-
ment en peine de faire reformer ou supprimer ses
Ouurages.   Il est vray que

la foule eſt grande à ſes Pieces , & que la curioſité y attire du monde de toutes
parts : mais les gens de bien
les regardent comme des
Prodiges, ils s'y arreſtent de
meſme qu'aux Eclypſes &
aux Cometes : parce que
c'eſt vne choſe inoüie en
France de joüer la Religion
ſur vn Theatre , & Moliere
a tres-mauuaiſe raiſon de
dire , qu'il n'a fait que tra-
duire cette Piece de l'Italien , & la mettre en François : car ie luy pourrois re-
partir que ce n'eſt point là
noſtre couſtume , ny celle
de l'Egliſe : l'Italie a des vices & des libertez que la
France ignore, & ce Royau-

me tres-Chreſtien à cét
auantage ſur tous les autres,
qu'il s'eſt maintenu toû-
jours dans la pureté de la
Foy , & dans vn reſpect in-
uiolable de ſes Myſteres.
Nos Roys qui ſurpaſſent en
grandeur & en pieté tous les
Princes de la terre , ſe ſont
montrez tres-ſeueres en ces
rencontres , & ils ont armé
leur juſtice & leur zele autant de fois qu'il s'eſt agy
de ſoûtenir l'honneur des
Autels , & d'en vanger la pro-
phanation. Où en ſerions-
nous , ſi Moliere vouloit faire des Verſions de tous les
mauuais Liures Italiens , &
s'il introduiſoit dans Paris
toutes les pernicieuſes coû-

tumes

stumes des Pays Estrangers:
& de mesme qu'vn homme
qui se noye, se prend à tout,
il ne se soucie pas de mettre
en compromis l'honneur de
l'Eglise pour se sauuer, & il
semble à l'entendre parler
qu'il ait vn Bref particulier
du Pape pour joüer des Pieces ridicules , & que Monsieur le Legat ne soit venu
en France , que pour leur
donner son approbation.

Ie n'ay pû m'empécher
de voir cette Piece aufsi-
bien que les autres, & ie m'y
suis laiffé entraîner par la
foule , d'autant plus libre-
ment, que Moliere se plaint
qu'on le condamne fans le
connoiftre, & que l'on cen-

C

ſure ſes Pieces ſans les auoir veuës ; mais je trouue que ſa plainte eſt auſſi injuſte, que ſa Comedie eſt pernicieuſe ; que ſa Farce, aprés l'auoir bien conſiderée, *eſt vraye-ment diabolique,* & vrayement *diabolique eſt ſon cerueau*, & que rien n'a iamais paru de plus impie, méme dans le Paganiſme. Auguſte fit mou-rir vn Bouffon qui auoit fait raillerie de Iupiter, & def-fendit aux femmes d'aſſiſter à des Comedies plus mode-ſtes que celles de Moliere. Theodoſe condemna aux Beſtes des Farceurs qui tournoient en deriſion nos Ceremonies ; & neantmoins cela n'approche point de

Moliere dans ſa Reque-ſte.

l'emportement de Moliere,
& il seroit difficile d'ajoû-
ter quelque chose à tant
de crimes dont sa Piece est
remplie. C'est là que l'on
peut dire que l'impieté & le
libertinage se presentent à
tous momens à l'imagina-
tion : vne Religieuse débau-
chée, & dont l'on publie la
prostitution : vn Pauure à *En la*
qui l'on donne l'aumône, à *premie-*
condition de renier Dieu : *re repre-*
senta-
vn Libertin qui seduit au- *tion.*
tant de filles qu'il en ren-
contre : vn Enfant qui se
moque de son Pere, & qui
souhaite sa mort : vn Impie
qui raille le Ciel, & qui se
rit de ses foudres : vn Athée
qui reduit toute la Foy à

deux & deux font quatre, &
quatre & quatre font huit:
vn Extrauagant qui raifon-
ne crotefquement de Dieu,
& qui par vne cheute affe-
ctée *caffe le nez à fes argu-*
mens : vn Valet infâme fait
au badinage de fon Maiftre,
dont toute la creance abou-
tit au Moine-Bouru : *car*
pourueu que l'on croye le Moine-
Bouru, tout va bien, le refte n'eft
que Bagatelle : vn Demon qui
fe mefle dans toutes les Sce-
nes, & qui répand fur le
Theatre les plus noires fu-
mées de l'Enfer : & enfin vn
Moliere pire que tout cela,
habillé en Squanarelle, qui
fe moque de Dieu & du
Diable ; qui jouë le Ciel &

l'Enfer, qui souffle le chaud
& le froid, qui confond la
vertu & le vice : qui croit &
ne croit pas, qui pleure &
qui rit, qui reprend & qui
approuue, qui est Censeur &
Athée, qui est hypocrite &
libertin, qui est homme &
demon tout ensemble : *vn* Dans
Diable incarné, comme luy-*sa Re-*
méme se définit. Et cét *queste.*
homme de bien appelle cela
corriger les mœurs des
hommes en les diuertissant,
donner des exemples de vertu à la jeunesse, reprimer ga-
lamment les vices de son
siecle, traitter serieusement
les choses saintes ; & couure
cette belle morale d'vn feu
de charte, & d'vn foudre

C iij

imaginaire, & auſſi ridicule
que celuy de Iupiter, dont
Tertullien raille ſi agreable-
ment ; & qui bien loin de
donner de la crainte aux
hommes, ne pouuoit pas
chaſſer vne mouche ny faire
peur à vne ſouris : en effet,
ce pretendu foudre apprê-
te vn nouueau ſujet de riſée
aux Spectateurs, & n'eſt
qu'vne occaſion à Moliere
pour brauer en dernier reſ-
ſort la Iuſtice du Ciel, auec
vne ame de Valet intereſſée,
en criant *mes gages, mes ga-*
ges : car voila le dénonce-
ment de la Farce : ce ſont
les beaux & genereux mou-
uemens qui mettent fin à
cette galante Piece, & je ne

vois pas en tout cela, où est
l'esprit ? puis quil auouë luy-
méme *qu'il n'est rien plus fa-*
cile que de se guinder sur des
grands sentimens , de dire des
injures aux Dieux , & de cra-
cher contre le Ciel.

Il y a quatre sortes d'impies
qui combattent la Diuinité :
les vns declarez qui attaquét
hautement la Majesté de
Dieu, auec le blasphême dans
la bouche : les autres cachez
qui l'adorent en apparence,
& qui le nient dans le fond
du cœur : Il y en a qui croyent
vn Dieu par maniere d'acquit,
& qui le faisãs ou aueugle ou
impuissant , ne le craignent
pas : les derniers enfin plus
dãgereux que tous les autres,

C iiij

ne deffendent la Religion que pour la détruire, ou en affoibliſſant malicieuſement ſes preuues, ou en raualant adroitement la dignité de ſes Myſteres. Ce ſont ces quatre ſortes d'impietez que Moliere a eſtalées dans ſa Piece, & qu'il a partagées entre le Maiſtre & le Valet. Le Maiſtre eſt Athée & Hypocrite, & le Valet eſt Libertin & Malicieux. L'Athée ſe met au deſſus de toutes choſes, & ne croit point de Dieu : l'Hypocrite garde les apparences, & au fonds il ne croit rien : le Libertin a quelque ſentiment de Dieu, mais il n'a point de reſpect pour ſes ordres, ny

de crainte pour ses foudres :
& le malicieux raisonne foi-
blement, & traitte auec baf-
fesse & en ridicule les choses
saintes : voila ce qui compo-
se la Piece de Moliere.   Le
Maistre & le Valet joüent la
Diuinité differemment : le
Maistre attaque auec audace, & le Valet deffend auec
foiblesse : le Maistre se moque du Ciel, & le Valet se rit
du foudre qui le rend redou-
table : le Maistre porte son
insolence jusqu'au Trône
de Dieu, & le *Valet donne
du nez en terre*, & deuient ca-
mus auec son raisonnement:
le Maistre ne croit rien, & le
Valet ne croit que le Moine
Bouru : & Moliere ne peut

parer au jufte reproche qu'on luy peut faire d'auoir mis la deffenfe de la Religion dans la bouche d'vn Valet impudent, d'auoir expofé la Foy à la rifée publique, & donné à tous fes Auditeurs des Idées du Libertinage & de l'Atheifme, fans auoir eu foin d'en effacer les impreffions. Et où a-t'il trouué qu'il fût permis de mêler les chofes faintes auec les prophanes, de confondre la creance des Myfteres auec celle du Moine-Bouru, de parler de Dieu en bouffonnant, & de faire vne Farce de la Religion : il deuoit pour le moins fufciter quelqu'Acteur pour foûtenir la

Cause de Dieu, & deffendre
serieusement ses interests :
il falloit reprimer l'insolence du Maistre & du Valet, &
reparer l'outrage qu'ils fai-
soient à la Majesté Diuine : il
falloit establir par de solides
raisons les Veritez qu'il de-
credite par des railleries : il
falloit estouffer les mouue-
mens d'impieté que son A-
thée fait naistre dans les Esprits : *Mais le Foudre.* Mais
le Foudre est vn Foudre en
peinture, qui n'offense point
le Maistre, & qui fait rire le
Valet ; & je ne crois pas qu'il
fut à propos, pour l'édifica-
tion de l'Auditeur , de se
gausser du chastiment de
tant de crimes , ny qu'il y eût

ſujet à Squanarelle de railler
en voyant ſon Maiſtre foudroyé ; puis qu'il eſtoit com-
plice de ſes crimes, & le mi-
niſtres de ſes infames plaiſirs.

Moliere deuroit rentrer
en luy méme, & conſiderer
qu'il eſt tres-dangereux de
ſe joüer à Dieu, que l'impieté ne demeure jamais impu-
nie, & que ſi elle échappe
quelquefois aux feux de la
Terre, elle ne peut éuiter
ceux du Ciel : qu'vn abyſme
attire vn autre abyſme, &
que les Foudres de la Iuſtice
diuine ne reſſemblent pas à
ceux du Theatre : ou pour le
moins s'il a perdu tout reſpect pour le Ciel (ce que
pieuſement ie ne veux pas

croire) il ne doit pas abuser
de la bonté d'vn grand Prince, ny de la pieté d'vne Reyne si Religieuse, à qui il est à
charge, & dont il fait gloire
de choquer les sentimens.
L'on sçait qu'il se vante hautement qu'il fera paroistre
son Tartuffe d'vne façon
ou d'autre , & le déplai-
sir que cette grande Reyne
en a témoigné , n'a pû faire
impression sur son esprit, ny
mettre des bornes à son insolence. Mais s'il luy restoit
encore quelque ombre de
pudeur , ne luy seroit-il pas
fâcheux d'estre en but à tous
les gens de bien , de passer
pour vn libertin dans l'esprit
de tous les Predicateurs, &
d'entendre toutes les lan-

gues que le Saint Efprit ani-
me , déclamer contre luy
dans les Chaifes, & condamner publiquement fes nou-
ueaux blafphêmes ? Et que
peut-on efperer d'vn hom-
me qui ne peut eftre ramené
à fon deuoir, ny par la confi-
deration d'vne Princeffe fi
vertueufe & fi puiffante, ny
par les interefts de l'honneur , ny par les motifs de
fon propre falut.

Certes Moliere n'eft-il
pas digne de pitié ou de rifée, & n'y a-t'il pas fujet de
plaindre fon aueuglement,
ou de rire de fa folie, lors
qu'il dit, *qu'il luy eft tres-fâ-*
cheux d'eftre expofé aux repro-
ches des gens de bien, que cela eft
capable de luy faire tort dans le

En fa
Reque-
fte.

monde, *& qu'il a interest de con-
seruer sa reputation :* Puis que
la vraye gloire consiste dans
la vertu, & qu'il n'y a point
d'honeste homme que celuy
qui craint Dieu, & qui édifie
le prochain. C'est à tort qu'il
se glorifie d'vne vaine reputation, & qu'il se flatte d'vne
fausse estime que les coupa-
bles ont pour leurs compa-
gnons & leurs complices.
Le *Broüaa* du Parterre n'est
pas toûjours vne marque de
l'approbation des Specta-
teurs : L'on rit plûtost d'v-
ne sottise que d'vne bonne
chose, & s'il pouuoit pene-
trer dans le sentiment de
tous ceux qui font la foule à
ses Pieces, il connoistroit
que l'on n'aprouue pas toû-

jours ce qui diuertit & ce
qui fait rire. Ie ne vis per-
ſonne qui eut mine d'honê-
te homme, ſortir ſatisfait de
ſa Comedie ; La joye s'étoit
changée en horreur & en
confuſion, à la reſerue de
quelques jeunes Eſtourdis,
qui crioient tout haut que
Moliere auoit raiſon, que la
vie des Peres eſtoit trop longue pour le bien des Enfans,
que ces bonnes gens étoient
effroyablement importuns
auec leurs remonſtrances, &
que l'endroit du fauteüil
étoit merueilleux. Les Eſ-
trangers mémes en ont eſté
tres-ſcandaliſez, juſques-là
qu'vn Ambaſſadeur ne pût
s'empécher de dire, qu'il y
auoit bien de l'Impieté dans

cette Piece. Vn Marquis
aprés auoir embraſſé Moliere, & l'auoir appellé cent
fois l'Inimitable, ſe tournant
vers l'vn de ſes amis, luy dit
qu'il n'auoit jamais veu vn
plus mauuais Bouffon , ny
vne Farce plus pitoyable ; &
ie connus par là que le Marquis joüioit quelquefois Moliere, de méme que Moliere
raille quelquefois le Marquis. Il me fâche de ne pou-
uoir exprimer l'action d'vne
Dame qui eſtoit priée par
Moliere de luy dire ſon ſentiment ; *Voſtre figure*, luy reſ-
pondit-elle, *baiſſe la teſte* , *&*
moy je la ſecoüe, voulant dire
que ce n'étoit rien qui vaille.
Et enfin ſans m'ériger en Ca-
ſuiſte, ie ne crois pas faire vn

jugemêt temeraire d'auan-
cer, qu'il n'y a point d'homme si peu éclairé des lumie-
res de la Foy, qui ayant veuë
cette Piece, ou qui sçachant
ce qu'elle contient, puisse
soûtenir que Moliere dans le
dessein de la ioüer, soit capable de la participation des
Sacremens, qu'il puisse estre
receu à penitence sans vne
reparation publique, ny méme qu'il soit digne de l'entrée de l'Eglise, aprés les
anathêmes que les Conciles
ont fulminez contre les Au-
theurs des Spectacles impu-
diques ou sacrileges, que les
Peres appelent les Nauffra-
ges de l'Innocence, & des
attentats contre la Souue-
raineté de Dieu.

Nous auons l'obligation aux soins de nostre glorieux & inuincible Monarque, d'auoir nettoyé ce Royaume de la pluspart des vices qui ont corrompu les mœurs des siecles passez, & qui ont liuré de si rudes assauts à la vertu de nos Peres. Sa Maiesté ne s'est pas contentée de donner la paix à la France, elle a voulu songer à son salut, & reformer son interieur : elle l'a déliurée de ces monstres qu'elle nourrissoit dans son sein, & de ces ennemis domestiques qui troubloient sa conscience & son repos : elle en a desarmé vne partie : elle a étouffé l'autre, & les a mis tous hors d'estat de nous nuire.

L'Heresie qui a fait tant de
rauages dans cét Estat , n'a
plus de mouuement ny de
force, & si elle respire encore , s'il luy reste quelque marque de vie , l'on peut dire
auec assurance qu'elle est
aux abois , & qu'elle tire con-
tinuellement à sa fin. La fu-
reur du Duël qui ostoit à la
France son principal appuy,
& qui l'affoiblissoit tous les
iours par des saignées mortelles & dangereuses, a esté
tout d'vn coup arrestée par
la rigueur des Edits. Cét art
de iurer de bonne grace,
qui   passoit pour vn agré-
ment du discours dans la
bouche d'vne ieunesse es-
tourdie, n'est plus en vsage,
& ne trouue plus ny de Maî-

tres qui l'enseignent, ny de
Disciples qui la veüillent
pratiquer : Mais le zele de
ce grand Roy n'a point donné de relâche ny de tréve
à l'Impieté : il l'a poursuivie
par tout où il l'a pû décou-
urir, & ne luy a laissé en son
Royaume aucun lieu de re-
traite : il l'a chassée des
Eglises où elle alloit mor-
guer insolemment la Maje-
sté de Dieu jusques sur les
Autels : il l'a bannie de la
Cour, où elle entretenoit
sourdement des pratiques :
il a chastié ses partisans :
il a ruiné ses écholes : il a
dissipé ses assemblées : il a
condamné hautement ses
maximes : il l'a releguée dans
les Enfers où elle a pris son
origine.

Et neantmoins , malgré tous
les ſoins de ce grand Prince,
elle retourne aujourd'huy
comme en triomphe dans la
ville Capitale de ce Royaume , elle monte auec impu-
dence ſur le Theatre , elle
enſeigne publiquement ſes
deteſtables maximes , & répand par tout l'horreur du ſa-
crilege & du blaſphême :
Mais nous auons tout ſujet
d'eſperer que ce méme Bras
qui eſt l'appuy de la Religion , abbatra tout à fait ce
Monſtre, & confondra à iamais ſon inſolence. L'injure
qui eſt faite à Dieu rejallit
ſur la face des Roys , qui ſont
ſes Lieutenans & ſes Images,
& le Trône des Roys n'eſt
affermy que par celuy   de

Dieu. Il ne faut qu'vn homme de bien, quand il a la puiſ-
ſanc,epour ſauuer vn Royaume; & il ne faut qu'vn Athée
quand il a la malice pous le
ruiner & pour le perdre. Les
deluges, la peſte & la fami-
ne, ſont les ſuites que traîne
aprés ſoy l'Atheiſme ; &
quand il eſt queſtion de le
punir , le Ciel ramaſſe tous
les fleaux de ſa colere pour
en rendre le chaſtiment plus
exemplaire. La ſageſſe duRoy
deſtournera ces mal-heurs
que l'impieté veut attirer
deſſus nos teſtes , elle affer-
mira les Autels que l'on s'efforce d'abatre ; & l'on verra
par tout la Religion triom-
pher de ſes ennemis ſous
le Regne de ce Pieux & de

cét inuincible Monarque, la
gloire de son Siecle, l'orne-
ment de son Estat, l'amour
de ses Sujets, la terreur des
Impies, les delices de tout
le genre-Humain, *viuat Rex,
viuat in æternum.* Que le Roy
viue, mais qu'il viue eternel-
lement, pour le bien de l'E-
glise, pour le repos de l'E-
stat, & pour la felicité de
tous les peuples.

FIN.

Permis d'imprimer *Les Obser-
uations sur vne Comedie de Moliere,* intitulée, *Le Festin de Pierre,* &c. Fait ce 10. May 1665.
Signé, D'AVBRAY.